和權 著

千丈
悲憫

WITH SYMPATHY

和 權 詩 集

▲ 八十年代，余光中教授來菲講
　學。左起余光中、和權。

▲ 左起為菲華詩人雲鶴、名詩人余
　光中、和權。

▲ 左起為菲華詩人和權、莊垂明、
　林泉、李怡樂
　（八十年代，攝於和權寓所）

序

李怡樂

正當《震落月色》在「秀威及其他網路書店」熱賣得紅紅火火（該書中詩五首〈住址〉、〈在畫廊〉、〈即景〉、〈漂鳥〉、〈一尾詩〉選入聯合新聞網「獨立作家詩選」），和權詩集《霞光萬丈》，又由「秀威」出版了。於其間，和權在菲律濱也結集一本新詩集——《千丈悲憫》。

和權堪稱是詩人中寫詩的高手兼快手。他數十年如一日，深入研究詩學理論，不斷實踐詩創作技巧。「一分耕耘，一分收穫」。因此，他多次榮獲海內外重要詩獎。特別是，二〇一二年，榮獲菲律濱詩聖描轆沓斯文學獎，該獎是菲國最高文學獎，也即是終身成就獎。同年，在臺灣，和權的〈熱水瓶〉收入臺灣南一書局出版之《中學國文輔助教材》（基測綜合題本）；另一首詩作〈鐘〉收入臺灣康熹文化《高分策略——國文》。至今，和權已擁有七本詩集（尚有文集、詩評等著作）。這樣令人欽佩的成就，在菲華文壇上極為罕見。

和權之所以能夠始終保持旺盛的創作力，除了他超越一般詩

人的寫作功底，以及豐富靈活的想像之外，他那顆赤誠的悲憫之心，是促使他不懈努力詩創作的動力。以他寫詩的天賦，加上他的勤奮，理所當然的讓人望塵莫及。臺灣名詩人瘂弦說：「你的短詩，與非馬各擅勝場，是一絕」。給予和權極高的評價。

　　本詩集共收入和權的新作三百一十六首。分為四輯：

第一輯　送耳朵

第二輯　月光驚叫

第三輯　不忍落花迷途

第四輯　河邊骨

綜觀全書，大致有六個特點：

含蓄（技巧）　樸素（用字）

簡練（詩句）　清晰（意境）

新奇（想像）　健康（主題）

　　〈千丈悲憫〉

　　淚

　　潸然

　　心呀

　　不起眼的

　　噴泉

　　上蒼藉著它噴出千丈的

　　悲憫

　　滋潤人間

「悲憫」，源自於「心」。

詩中的「心」，非生理器官心臟，是指思想感情（如心思，心情）。

作者以具象「噴泉」，喻抽象「心」；以「淚」（實），喻「悲憫」（虛）。「淚／潸然」，形容噴泉美麗的動態之狀。因為，此淚是憐憫、同情心的表現，一種值得讚美的高尚情操。但，詩人說：「心啊／不起眼的／噴泉」。沒錯！按傳統道德觀，人性本善。「不起眼」即是很平常，「惻隱之心，人皆有之」。上天有好生之德，「上蒼藉著它噴出千丈的／悲憫／滋潤人間」。讓人間充滿溫馨人情味。

「千丈的悲憫」。此「丈」字不是長度量詞，是詩意的形容詞。如著名詩人非馬收到和權的《霞光萬丈》，讚之為「詩光萬丈」。

要表達抽象感情，並創作出好詩，作者必需用點「心計」（費心思，巧設計）。就此詩而言，讀者細細賞析之下，即會領悟到筆者上述和權詩的六個特點。

閱讀本詩集，隨時可感受到作者的悲憫之心，從字裡行間散發出的溫情，如春雨潤物細無聲。我們再品讀一首：

〈不忍落花迷途〉

不忍落花迷途
我輕輕
撿了起來

放入
詩中

連春天
也一併放入詩中

讀詩的人啊
你心裡
是否充滿了
姹紫
嫣紅

　　春花怒放，「處處聞啼鳥」。遭現實「風雨」打擊後，「花落知多少？」詩人以悲憫之心（「不忍」。「輕輕」），把「落花」「連春天／也一併放入詩中」。使落花重獲新生，再展笑顏，在詩的意境裡，一派生機蓬勃，鳥語花香的景象。詩人把真、善、美呈現在讀者面前，給予正面、積極向上的人生觀。
　　除此之外，和權針對貪腐官僚的諷刺詩，另有一種詩趣：

〈笑容〉

賑災的物資是
一支
鑰匙

開啟了
貪官們的
笑容

全詩十九字，含蓄，不用粗俗尖銳的字眼而達諷刺之效。

和權的比喻手法總是千變萬化。此詩，「鑰匙」是很奇特的比喻，它用以開啟「笑容」。按常理，應是開啟災民們的笑容。但，作者筆鋒一轉──「貪官們的／笑容」。災民換成貪官，兩字之差，全詩為之改觀。詩意隱而不露，令讀者咀嚼言外之意。

寫詩的人都知道，耐人尋味的詩，詩中必然具有多層次的含意，才能激發讀者的思維。感動人的詩，從來就不是靠華麗的辭藻，而是發自內心誠摯樸素的言語。但理論歸理論，動筆實踐時，才會覺得並不容易，正所謂「事非經過不知難」。和權對偽詩的批評，就寫得非常含蓄。

〈淺溪〉

打開詩集
卻找不到
一朵花
只見到
字裡行間潺潺的
溪流
以及水中的

沙石

　　沒有詩意沒有詩趣，清澈見底的文字，令人望「詩集」而嘆息。如何才能創作出讓讀者咀嚼「清甘的好詩」？請看和權的經驗之談：

　　〈泡茶〉

　　想
　　是茶葉
　　情是壺裡滾燙的
　　水

　　倘若
　　不溫不熱
　　怎能
　　讓茶葉
　　舒放
　　怎能泡出清甘的

　　好詩

「不溫不熱」即是沒有激情。

　　必須用「滾燙的」情（水），沖泡「茶葉」。和權巧用泡茶與寫詩的共通之處，表達了欲創作「好詩」之不可或缺的重要因素。

我們可以通過和權〈給女兒〉的詩，進一步了解用真情創作的詩篇，是何等親切、溫馨，閱讀者如入其境，感同身受。

〈給女兒〉

如果
一定要在心房裡
掛點什麼
那就掛上
爸爸堅毅的
笑吧

每當妳感到憂傷
便會聽到
一陣爽朗的笑聲
那是說：沒事，沒事
爸爸就在
妳的身邊

意欲女兒沿襲「爸爸」那種堅毅而開朗的性格，詩人告訴女兒「一定要在心房裡」，「掛上爸爸堅毅的笑」。在有生之年，這「堅毅的笑」，便成了「心房」的組成部份。

「心房」。代表思想、個性。

現實生活極其複雜多變，總會有些不如意的事發生。「堅毅」就像一把鋒利的寶劍，遇上「麻煩」都能迎刃而解，渡過難

關。儘管「女兒」背井離鄉，在遠方工作、生活，「爸爸」的形像早已烙印於「心房」，猶如「爸爸就在／妳的身邊」。

　　此詩，和權以通順的口語，靈活地運用詩的轉化技巧，鮮明地表達了對「女兒」深情教誨。可謂是深（用情）入淺（用字）出的傑作。

　　本詩集，和權以他詩創作實踐，告訴我們，常懷悲憫之心看世間萬物，就能激發內在的真情，隨時隨地寫出引發讀者情感共鳴的好詩篇，給人間多貢獻一份溫馨。

目　次

第二輯　月光驚叫

第三輯　不忍落花迷途

第四輯　河邊骨

第一輯　送耳朵

給女兒

如果
一定要在心房裏
掛點什麼
那就掛上
爸爸堅毅的
笑吧

每當妳感到憂傷
便會聽到
一陣爽朗的笑聲
那是說：沒事，沒事
爸爸就在
妳的身邊

耳　朵

一生
聽了許許多多
話

最想聽的
還是
幼年生病時
媽媽守護在床邊
用眼睛
說的
那些話

感　動

星星
是閃爍的詩
句

夜
讀著　讀著
就灑下一陣

感動

吐苦水

吐完了一肚子苦水
茶壺
輕鬆多了

茶杯
笑著說：
苦水是吐不完的
今天吐完了
明天
還得吐

噴 泉

源源不竭的
詩思
鎮日展示美麗的
詩花

有時
一柱沖天
猶如千丈的悲憫
有時
是色彩繽紛的
同情
滋潤人間

毫無怨尤

毫無怨尤
路
每天承受著
重壓

只為了
讓你們回去
有愛
等在燈光下的
家

淺　溪

打開詩集
卻找不到
一首詩
只見到
字裡行間潺潺的
溪流
以及水中的

沙石

二〇一四年臺灣「乾坤」詩刊

誤　會

紅的
黃的
白的
紫的
藍的

為了潤澤大
地
雨水霏霏
竟使花朵們誤會
開得
滿山遍
野

守護神

她問：
什麼是守護神？

戰鬥機
航空母艦
坦克車
還有核彈
是
守護神

啊和平
以及全人類福祉的
守護神

二〇一四年臺灣「乾坤詩刊」

疤

逐漸忘卻自己
猶如
忘卻一段魂牽夢縈的
情

爾今
眼中只有眾生的
痛苦
它好像身上
一塊明顯的
疤

溫　暖

愛是詩
詩是
沖好的包種茶

溫暖了
旅途中
或月下品茗的
人
那顆寂寞的
心

童 年

消失了嗎？
我的
童年

今日
與小孫子來到
迪士尼樂園
啊！原來
童年
好好地
藏在這裡

燈　塔

茫茫人海中
每一顆心
都是顛簸於
惡浪中的
孤舟

詩
卻愈寫愈像矗立
的燈塔
在黑夜裡
為每一條小舟引路

退 休

笑得很開心
妻，問道：
什麼是退休？

用讀書的時間
去照顧
小孫子
用寫詩的手
牽著他
快快樂樂地上學

刺　繡

迷惘的是
刺繡
怎會這樣流行？

他們用
針
在人體上刺繡

也用
機槍
在人體上刺繡

二○一四年臺灣「乾坤詩刊」

璀　璨

一閃一閃
掛在聖誕樹上的
燈飾
都是晶瑩的眼睛
傷心地
看著
苦難的人間

兩顆種子

剝開來
就瞧見裡面
藏著
兩顆種子

一顆是
愛心
一顆是
慈悲心

花生這樣說

災　後

風，在樹林子裡
哭得
唏哩嘩啦
葉子們
都壓抑不住地
抽泣
連夜空中
也閃爍著點點淚
珠

誰說
大自然不會傷
心？

鳥語花香

發出淡淡的香味
花
對鳥兒說
我們的世界
和平而溫馨
沒有殺
戮

鳥
細聲問：
人類呢？

手　巾

藍天
一條潔淨的
手巾
不斷地擦亮
希望

夜
那一條
濕手巾
卻為每一個苦難的生命
抹掉
眼
淚

怕鬼（之一）

怕鬼嗎？
她問：

哈哈大笑：
不怕窮
不怕苦
連活著都不怕
我會
怕鬼？

怕鬼（之二）

被貧窮
被饑餓
被浪跡
天涯
甚至被自殺

說吧
你是怕人
還是
怕鬼？

永遠的春天

滿頭霜雪
警告你：
生命
已屆冬季

哈哈大笑
你
警告霜雪：
詩是
永遠的
春天

咆　哮

幾本詩集
等於一聲
震天撼地的
咆哮

等於回應
戰爭和飢餓的咆
哮

縱使沒人聽見這一聲
對月
淒厲的
嚎叫

月兒彎彎
——懷辛鬱

搖晃的竹影

風
吹了一夜
也吹
不散

笑　意

一彎月
不照憂思
也不照心頭的
掛慮

只照
酣睡的岷江
只照
家家戶戶甜甜的
夢

望月的人
臉上浮現笑意

聲　變

談話聲　變成
拍桌聲　變成
責罵聲　變成
導彈聲

最後
變成倖存者
臉上
無聲的
淚

巢

憂思
夕照中
一隻飛翔的
歸
鳥

歸去哪裡

噢！
這顆心
是它的
巢

橡皮擦

假如
餘生是一塊
橡皮擦
一定要擦掉
憤怒

但不擦掉
是
非

靈　光

天上
閃耀的
是
星光

詩中
閃爍的
是
憐憫

鳥

不嘆無常
也不嘆生命的
短暫
夏天的漂鳥
只在窗外
歡欣地
歌唱

牠們呀
每天都在那裡
過
佳節

回到從前

只要
凝視著那張遺照
就可以
自她的
雙瞳
走回從前

走回從前
一定要把所有的
委屈與痛苦
化成
聲嘶力竭的
呼喊：

媽媽！媽媽！

傷　痕

天地線
其實是
一道很長很長的
傷痕

沒人知道
那也是
望海者心中
的
傷痕

吐

筆
吐出淙淙的流泉
喳喳的鳥聲
以及雲霧中的
山

山
吐出紅艷艷的
旭日

傳　遞

快樂呀
一支點燃的
蠟燭
照亮了周遭
也照亮了自己

微笑著
你說：
將亮光
傳遞給千萬支蠟燭
那該有多美
多壯觀

苦　雨

貧富的差距
拉得比江河還
長

你
聽了一夜的
雨
入耳的
全是
不平聲

讀唐詩

民生疾苦
詩人
在篇章中
貯存著幾滴
珠淚

千年後
淚珠呀
仍是一樣溫熱
晶瑩

畫中人

注視著
巨幅的畫像
你說：
此人心中藏著
榮華富貴的
夢

我大笑：
錯了！錯了！
看他
一臉愁苦
懷的是天下與
蒼生

地平線

那麼長
那麼粗的
地平線
也繫不住光陰
究竟
能不能
繫住人間的

祥和
安寧

醉

她說：
那人喝酒
有如喝白開水
真是
千杯不醉

把浮名和浮利
全注入
杯子裡
看他是醉還是
不醉

六　行

浸過淚水的
詩
猶如小雨濕過的
草色
美得令人
顫抖

廣州乘地鐵

你推
我擠
在地鐵上
為了爭位
怒目
相向

這趟人生之旅
不也
如此

電腦和詩

厭倦了
爭鬥
你進入電腦
卻發現到處是
陷阱和騙局

還是到詩中來吧
這裡
只有山河的
壯闊
只有月亮的
微笑

陽光亮麗

無星無月的
夜晚
妳俯耳
說道：
這世界
一片黑暗哪

一陣朗笑：
輕聲細語
不就是一片亮麗的
陽光

手

月光
是一隻手
每晚
都在撿拾人間
的
不幸

陽光
也是一隻手
成天在大千世界
播種
希望

找到春天

小詩哪
一隻斑斕
翩翩飛舞的
蝴蝶
尾隨著它
就能找到芬芳的
花
就能找到

春天

鳥與天線

一首詩
一組天線

你是
飛翔於高空的
鳥兒
飛倦了
就讓你
棲息

說謊者

「歲月
是說謊者」
每天
鏡子這樣說

眼睛相信了
沒變
一點也沒變

挖

挖呀挖
他們
從土地裡挖出
蕃薯

思念的人啊
深埋於心中的
影子
也挖得
出來嗎？

短　巷

人生
一條短巷

卻多彎曲
有遠山
有淙淙的流水
拐過彎
啊又是另一番新的
景象

藍天白雲

白雲
看蔚藍的天空
永遠
一個樣

藍天
看飄浮的白雲
卻天天不
同

你是
哪一片雲

陶　醉

又發光
又發熱

路燈
陶醉于讚美聲中
無視於
光芒萬丈
初昇的
旭日

種 子

參戰者
一個個變成了
種子
埋在土地裡
長成
千百個白色的
十字架

上帝啊
還有多少種子
將埋於
他鄉？

送耳朵

葉子們
是風的子民

風
沒有耳朵
綠葉們開會後
一致通過
要送一對耳朵
給風
以便傾聽其子民
的
苦訴

透過夢

誰說
歷史無法修改

透過夢
透過權力
甚至透過一顆
野心
南京大屠殺
就可以
被修改得毫無
血腥味

淚　光

很想
變自己
成一桶一桶的
水
啊堆積如
一座大山的
食物

來到災區
他
眼中閃爍著
淚花

枯　枝

撿起
枯枝
你知道
它，開過花
結過果

卻不知道
自己
變成枯枝之前
開不開花
結不結果

星光藍寶石

珍惜
喜愛
眼前閃耀著
璀璨光華
的寶石

縱使
時間
尚未過去
尚未變成令人喜悅的
藍寶石

道

晨昏
唸經
他修的
是成佛的
道

隨時
寫詩
你修的
是心安理得的
道

大花園

迎風搖曳
花
開得滿山遍野

在日月的眼裡
地球呀
是個美麗的
大花園
惟，來來去去的
不是蜂與蝶
卻是

戰機

腳

一陣雨
就把路上的足跡
洗掉了

腳
大笑：
抵達目的地就好
管它
什麼足跡
不足跡

綺麗風光

問：
詩是什麼？

答：
它是
掀開的布幔之
一角
讓你窺見
窗外
綺麗的
風光

天堂和地獄

有人看到
天堂嗎？
有人看到
地獄嗎？

見到炊煙
你就看到了天堂
見到硝煙
你就看到了地獄

關　注

海岸邊
巨大的探照燈
總是把眼光
投向滿佈星星的
夜空

閃爍的星星
貧困人口的
淚啊

世界是一棵樹

憐憫
枝頭盛開的
花

詩啊
樹上片片的
綠葉

溜　走

時光
在筆尖下
溜走了

朗聲大笑
詩人說：
不可能溜走
時光
鑲嵌於字裡
行間

泡　茶

想
是茶葉
情是壺裡滾燙的
水

倘若
不溫不熱
怎能
讓茶葉
舒放
怎能泡出清甘的

好詩

探照燈

筆

其實是探照燈

不只

在柔和的月光下

搜尋

美與善

也在幽暗的世界

搜尋

那些珍寶般

的

愛

日　曆

時間
這棵大樹
一片一片地
掉下
葉子

聽見嗎？
葉子們
正在
聲嘶力竭地
呼救

寫詩（之一）

想
開出滿山遍野
紅艷艷的
杜鵑

杜鵑
想開就開了
管它
有沒人
看見

寫詩（之二）

有花
就有蝶的
舞步

如果
全是紙紮的
花呢？

曖　昧

一大早
三五隻雀鳥
便聚在電線上
議論紛紛：
貪污
真有報應嗎？

睡眼惺忪
太陽
竟然笑得有點
曖昧

珊　瑚

心哪
深不見底的
海

如果
你不怕噬人的
鯊
那就躍進海中吧
或許你會
發現
一叢叢美麗的
珊瑚

慘叫（之一）

哪一對耳朵
不在傾聽
雪花般
散落在燒焦土地上
的每一塊碎片
撕心裂肺
的
慘叫

當邪惡
再次擊落了
民航機

慘叫（之二）

墜機現場
燒焦的
屍體
都被移走了
（附近有很多狗
和野獸）

移不走的
是全世界心頭的
哀傷
是一聲聲
慘絕人寰
染血的
嘶叫

如泣如訴

落在蕉葉上
雨
如泣如訴

傾聽的你
難道只想到離別的
戀人
卻沒想到
飽受生活之煎熬
窮苦的
人

一大把歲月

年華老去
詩人
卻笑稱擁有
數不清
的
歲月

是啦
一首詩
一大把歲月

成　熟

成熟了
椰子
從容地
墜下
聲稱要獻出自己

凡是成熟的
都
這樣

異　想

空間
是綠林
我是風
想怎麼穿梭
就怎麼
穿
梭

時間是
蛋
我是石頭
蛋呀
就砸碎在
大石上

第二輯　月光驚叫

蝶

情話
一隻隻美麗的
鳳蝶

想念她時
心園裡
便上下翻飛著
百隻千隻
斑斕的
蝶

圓與缺

圓了又缺
缺了又圓
月亮
不管自己重複了
多少次
它，只是
不斷地演示：

這就是人生

燈　泡

願像
瞪大的眼睛
永遠看
到

光明的世界

笑（之一）

你笑
路樹
擺出嫵媚的姿勢

你笑
鳥兒
逢人便說
敬仰！敬仰！

瞧見
頻頻彎腰
殘缺的
老丐
卻怎麼
也笑不出來

淒　婉

思念
敲窗的小雨呀
增添了
涼夜的
淒
婉

大塊文章

詩人哪
為何夜夜仰望
星空

唉唉
大塊文章
值得一讀再
讀

大　笑

雨
在鋅片上嘩嘩
大笑

笑
政客的口水
多過
小老百姓的
淚水

笑
人間的是非
多過
天上的
星辰

廣告牌

太誇張了
明明是劣貨
卻被吹得那麼
優秀

哦！
我們
不也是廣告牌

峰　會

相聚時
各國領袖們
都自許是
光芒四射的
鑽石

是呀
只有鑽石可以切割鑽
石

跌

跌傷了
又怎樣？
就算跌得再重
也跌不碎
這顆
用慈悲做成
比鐵還要堅硬
的

心

紅通通的臉

抬頭
赫然是
落日
一張紅通通的
臉

唉！
它又怒見人間的
不平

曳著銀光

曳著銀光
殞星
快速地
撞向哪裡？

如果
媽媽也是一顆
殞星
它一定落在我的
心頭

月光驚叫

老人家
臨走時
閃現在眼角的淚珠
輕聲的
說：

要做好人
要疼愛家庭
還有
不要亂發脾氣！

月光
驚叫道：
你聽見了嗎？
你聽見了嗎？

深與淺

都說太平洋很深

思憶
母愛
突然發覺
太平洋
很淺

小鳥問

大地
不拒絕叢生的
雜草

醫院
也不拒絕
三餐不繼的
病人嗎？

心　窗

清晨
鳥聲啁啾

輕輕
推窗
啊湧進來的
竟是
鳥聲化成的
花卉
竟是花卉化成的
陽
光

笑靨

花卉
是大地的微笑

蔚藍的天空
只見到美麗的
笑靨
卻看不到點點的
淚珠

木　頭

劈哩啪啦
熊熊燃燒出
不平的
怒火

縱使
化成灰
也要燒盡最後
一份熱

細小的字

他們
說
你的憐憫
你的同情
以及你的名字
比一座山還
大

縱然，墓碑上
刻著
數行細小的
字

普照眾生

有點耀眼
露珠
站在綠葉上
大聲說：
我比太陽還要
亮

太陽
點點頭：
願你永遠那麼亮
願你也能
普照
眾生

情　人

給你安靜
給你自在
讓你沉澱
也讓你沈思
在稿紙上從容地
尋覓
美好

優雅的情人
她名叫孤
獨

懷念雲鶴

朋友不在了
牆壁上
仍掛著一張
與他的合
照

真摯的友情
以及他
縱橫的才藝
是書房裡佈置的
完美
擺設

情詩一首

在妳窗外
歡欣跳躍的
雀鳥
全是我的思念

思念，從心中
竄飛出去
越過山，越過海
越過無數的
歲月
飛來妳青春美貌時
的窗前
歡欣
歌唱

像酒一樣

像酒一樣
寫詩
不能溶冰太多

情，不宜淡成
無味的水
要濃烈要刺激
要讓人
喝得醉醺醺

綠色的快樂

猶如飄零的黃葉
憂傷，一片片
離你而去

逐漸變成光禿
心，這棵樹
只期待來日長出
綠色的快樂

創　作

明知人世間是

那麼黑暗

憤慨的旭日

仍在山川河流上

寫出

光明的

詩句

生　命

即使燃放更多的
煙花
也不能在夜空中
維持一個
永遠燦爛的夢

惟多彩的煙花
啊美麗之剎那
依然吸引住
千萬人的
眼睛

峰　頂

攀爬了一生
至今，仍未站在
峰頂

啊
這心中的山
峰

撞

我無畏
迎面撞上巨
石
撞擊力越大
笑聲越響亮

流水這樣說

仁　者

只看到我在
黑暗中
發光

沒人注意
我淚流
滿臉

慈悲的蠟燭
這樣說

二〇一四年臺灣「乾坤」詩刊

洗

雨水
整夜在窗外滴沽：
早知道
世界這麼髒
我就不來了

如果
大雨不來
小雨也不來
誰來？

幸福快樂

很想
裁一段晚霞
為妳做件美麗的
衣裳

很想
取下兩個星星
當作妳的
耳環

路邊
乞討的女孩哪
願妳眼中
永遠明亮著
快樂
幸福

鴿　子

一朵雲
對另一朵雲說：
看！
那些美麗
飛翔的
鴿子

唉唉
沒有導彈飛過的
天空
就沒有和平
鴿

兩隻鳥

電線上
一隻鳥說：
街頭示威
是為了推翻
貪污
腐敗

另一隻說：
滾滾的海潮
來了又去
去了又來

微醺中

聽見
親友們
在筵席上
談及美日的
軍演

微醺中
他　凝視著
瓷盤中的鴿子
淒然
欲淚

除　夕

妻問：
今晚看烟花
與孩童時看烟花
有何不同

啊！如今
看絢麗的烟花
總會聽見
槍炮聲
總會聞到
硝煙味

迷　惑

有點迷惑
月亮
喃喃自語：
人
真是奇怪的動物

明知燈火
會溫馨每一個
家
他們卻偏偏
四處點燃烽火
毀了一個又一個
家

天地線

她問：
情愛
有沒有終點？

看過大海那一條
長長的
天地線嗎
那就是
終
點

驚　覺

非常自負
石頭
自覺很沈重
很巨大

當它被吹入
人的眼中
才驚覺
原來
自己是一粒
細沙

耳　語

窗口
流瀉進來的
月光
在床邊
耳語：

燈
在牆壁上
寫詩

灰 雲

有灰雲
就有嘩啦嘩啦的
雨

有苦難
就有嘴角堅毅的
笑

星子們

總以為
在黑暗裡幹的勾當
沒人看見

哈！
滿天都是窺視的
眼睛

詩　意

不要刺眼
不要烈日
窗子
低垂著窗幔

這一生
只要柔和
只要朦朧的
月色
和滿天閃爍的
詩意

腳

想攀爬高峰
想登臨絕頂

卻一生
都踏在崎嶇的
路上

腳呀
仍然有夢
夕陽下
仍想去到絢爛的
天涯

思念的腳步

假如夜裡
妳的心湖
無端泛起
一圈圈
漣漪

遠方的人兒呀
那是我
思念的腳步

筆相信

今日
誰相信
政客說的
商人保證的

除了筆
筆仍相信
好詩好文章
都是
發自肺腑的
真話

淡　定

昇和降
都無所謂
電梯
很淡定
它早已看清楚

人生

杯子與心

注滿水
杯子
容納不了
不同的液體

注滿慾望
心
容納不了
悲憫
同情

男廁（之一）

向前一小步
文明一大步

地面上
點點滴滴
顯示
文明之
遙遠

男廁（之二）

來也匆匆
去也匆匆

留下的
未必是無用之
物

人生啊人生

時間的影像

時間啊
潺潺的溪流
在心中
流成悅耳的
歌

有人錯過
也有人仔細
聆聽
這首如泣如訴
淒美的
歌

啤 酒

冒泡的酒
一杯又一杯
被咕嘟咕嘟地
豪飲
琥珀色的青春啊
是一排空瓶子
張著口
怎麼叫
也叫不回來
的
美好

日子

碎　夢

有人做著
股票夢
有人做著
愛情夢
也有人做著
天下太平夢

唉唉
難怪清道夫
一大早
便在街上
掃著滿城的

碎夢

一顆淚

他們
是江河
是大海
心中映照著
星星與月亮

僅是一顆淚
你
也同樣映照著
滿天的
星星

鏡中人

你笑
他也笑
你憂鬱
他也鬱鬱
不歡

啊母親
像是
鏡中人

好　詩

果真能寫出一首
驚天地
泣鬼神的
詩
被皺紋了
被老了病了
甚至被入土了
又算得什麼

傷　心

夕陽
輕聲的
說：

詩人啊詩人
別難過了
去看朝暉吧
它不會
令你那麼傷
心

光 芒

一首詩
一顆閃爍的
星子

若干年後
什麼都不見了
只剩下
一點人性燦亮的
光芒

囑 咐

凝視著遺像
你
就是不相信
至愛的人
已經離開

從她緊閉的雙
唇
仍然聽得見
一聲聲
親切的
囑咐

別

夜空
有一隻
月亮眼睛

池中
也有一隻
月亮眼睛

啊我知道了

那是
淚眼相
望

橋

對峙了千年
東西峰
老死不相往來

終於
建了一座
大橋
把這對
互不順眼的
冤家
拉扯在一起

花　園

記憶
是美麗的
花園

採著採著
我竟採了一籮筐
的

笑話

雨聲淒淒

怪只怪
雨聲
淒淒

沒有雨
就沒有憶念
沒有憶念
就沒有悵惘
沒有悵惘
就沒有徹夜的

無眠

凝　眸

許諾
來生要再相會

那是妳嗎？
窗外
綠葉間
一朵深深
凝眸的
小紅花

縫　衣

一針一線
老婦
在暈燈下
費力地縫補
縫補著
人間的

遺憾

有　勉

日暮
又怎樣了？

高情遠志
帆船
無畏大風大雨
無畏掀天的
浪濤
偏向黑暗處
航行

七 行

用撼天動地的
槍聲砲聲
以及轟炸聲
告訴
全世界
什麼是

正義

第三眼

看見
掛在將軍胸前的
勳章
閃閃發光

一面
閃閃發光
一面
滴著血

呼　號

看著
被搶的年青人
遭劫匪
捅了一刀
慢慢倒在陰暗的
巷弄

路燈
僅能
悲憫看著
僅能
無聲地
呼號

濃　霧

翻開歷史
但見
一陣陣濃霧
掩蓋著
許許多多的
真相

合上歷史
驚見
四周瀰漫的
霧
更濃

火　花

詩啊
那朵火花

火花
也能燎原
燃燒那麼寬廣
綠色的
憂
思

感　傷

似乎什麼也沒說
珠露
在天亮之前
其實
說了許許多多的
話

草葉聽見了
蓮花聽見了
連小蟲
也聽見了
它們都有點感傷

詩

管他
有人沒人注目
金鋼鑽
依然是精光閃閃
的
異寶

被吹噓
捧上天的
終究還是一塊
石頭

火龍果

不是那麼紅
就不會引來採擷的
手

火龍果
想
大聲告訴
你

咒　罵

不炸掉小孩的
手腳
不炸掉老人的
腦袋
就不是
戰爭啦

電線上
三五隻雀鳥
齊聲
咒罵戰爭

憂

沒有波瀾
岷灣
靜靜地泡著
落日

心中
卻捲起千丈浪
唉唉
不憂貧
也憂家國

孤獨的詩人

一冊詩集
一座高聳的
山

歷經時間的
風霜
以及歲月的冰川
山
依舊
巍然

孤獨的詩人
這樣說

笑（之二）

笑
燦亮的水晶燈
只照這間豪華的
餐廳

也笑
天上的日月
不懂得
阿諛奉承
竟然普照黑暗的
世界

第三輯　不忍落花迷途

憂　思

線
纏繞在一起
越解
越亂

只好不解
任由它
亂成
一團

石器時代

如果
生在石器時代
就可以
看到恐龍了

啊啊！
只要
一組核彈
就可以把你炸回
去

美好的汁液

明知榨汁機很可
怕
卻願意
獻身

跳進去
榨出美好
的
汁液

水果啦
蔬菜啦
都說：沒有榨汁機
哪有
健康液

鳥　影

整個黃昏
你，坐在窗前
思考自己
是什麼？

有鳥影一掠而
過
竟讓你似有所
悟

測

冷暖
人情
一測便
知

貧窮
一支準確的
溫度計
到處都可以探
測

願

悲憫
猶如花
開在詩集裡

詩集裡
永遠是春
天
每朵搖曳於
風中的
花
都不會凋零

柔和的燈光

善念
涼夜裡的
燈

擁有柔和的燈
光
即使四周
黑暗籠罩
也敢於
面對

慈　悲

妻問：
什麼是慈悲？

讓流水
唱著快樂的歌
讓星星
都閃爍著
快樂的光芒
讓受苦受難的
人
都露出
快樂的笑容

慈悲心

向內凝縮
向外延展

慈悲心
是
一首詩
容量極大的
好詩

戰　爭

槍砲聲
又響了
硝煙
又瀰漫了

槍砲聲中
隱藏著多少
的
利益？

瀰漫的硝煙中
掩蔽著多大的
政治
野心？

給光陰

河
一面流
一面嗚咽

一面嗚咽
一面流
卻帶不走
水中的卵石
人間的
苦難

歲　末

日曆
一艘艘
靠岸的輪船

離港的
船
都載走
一段美好的
時光

大海中
起伏的波濤
是你藍色的憂
傷

笑　容

賑災的物資是
一支
鑰匙

開啟了
貪官們的
笑容

輕　愁

詩聖的
絕句
是順流而下的
輕舟

千年後
你
看到了
船上仍載著
他的
輕愁

開心事

沒有跳躍
沒有啁啁啾
啾

妻說：
樹上的
小鳥
好像不快樂

錯啦！
我知道
它在想著
開心事

海的痛苦

污染　污染
污染　污染

海的痛苦
藉著起伏的浪潮
歌唱出來

浪潮
也曾在夢裡
與我
一起唱出人間的
不平

篝 火

詩
涼夜裡
在海灘上
燃燒的篝
火

給你溫暖
給你亮光
也給你
面對無盡黑暗的

勇氣

臺　階

自我歌頌是
一個臺
階
歌頌千遍萬遍
是千萬個
臺階

那人自覺
已站在最上面
遂微笑
傲視
天下

床

情愛是一張柔軟的床
我想好好地休息
沒想到每次躺下來
都很難入眠
一旦睡去
也會從夢中驚醒
舒適的
床
卻令人
害怕

向晚（之一）

心情
灰暗一如夜
空
憂思啊
遠天的星子們
在雲外

若隱若
現

繁　殖

逐利追名的
人
猶如河邊草一般
繁殖得很
快

繁殖得更快的
是
郊區的

墳墓

噪　音

吼聲
指責聲
槍聲砲聲

太吵了
這個世界
連清靜讀書的地方
也
沒有

你
竟想化成利剪
咔嚓咔嚓
剪掉一切噪音

戀（之一）

書桌
這一艘乘風破浪的
船
載你遨遊古今
只是
去不了
她
慧黠的

心

影

飛過了
鳥說：
我不在天空
留影

啊竟然
在一些人的
心中
留了影

戀（之二）

與天空熱戀
夕陽說：
不要
海枯石爛
只要
展示一次
霞光萬丈的

情愛

海 潮

氣勢磅礡的
海潮
一再衝擊著
岩石

橫逆
一塊塊阻擋
的岩石
你啊，用力衝擊出
美麗
飛濺的
浪花

藏

藏情
藏愛
藏悲憫
藏不平
藏高山
藏大海
藏世界
藏宇宙

悄悄跟你說
這枝筆
藏的
不只這些

播　種

土地上
什麼都可以播
種

只是
別在七情六慾上
任意
種下病根
如果你
不要苦痛
不要不治之
症

微　笑

妻問：
什麼是
有價值的人？

眨著眼
我說：
千年後
當有人提起的時候
嘴角
掛著溫暖的
微笑

不忍落花迷途

不忍落花迷途
我輕輕
撿了起來
放入
詩中

連春天
也一併放入詩中

讀詩的人啊
你心裡
是否充滿了
姹紫
嫣紅

別 笑

風
勸告風鈴

別笑
那棵矮樹
又折腰
又說阿諛話
只是
為了向老天爹
討點雨水

亂　世

夜
聽見了
暈燈
也聽見了
微醺的詩人發出
笑聲

卻聽不見
懷抱憂愁的
筆
在稿紙上
涕淚
縱橫

璀璨的笑

詩是
舒放的花朵

舒放的花朵
是璀璨的
笑

璀璨的笑
是滿心
對世界的
感動

深　夜

聲音
全都熟睡了
唯有
書桌上
一張稿紙
兀自醒著

醒著
猶如往日般
等待那枝筆
在空格上
——填滿詩人的
憂
思

堅持挺拔
──讀一樂的「樹倒之後」

即使
籐
乘機攀爬
也無所謂

老樹
無畏暴風雨
堅持
挺拔在那裡
讓鳥兒
高築
愛巢

怨　言

枝頭的麻雀
絮叨著：
爾今
就算起得早
也見不到
小蟲的影子

爭食的鳥兒
太多啦
生育率
太快啦

綠　芽

雨
沁入的土地
冒出
綠芽

淚
滋潤過的心
長出
希望

美妙的聲音

時間是
風鈴的聲響
你是風

你讓時間
形成美妙的
樂音

墨綠森林

每個人
心中
都有墨綠的
森林

虧心事呀
那一陣風
在林中
怎麼藏
也藏不住

嘮叨

港邊的木屋
木屋的鋅蓋上
雨
嘮叨著

建築了
那麼多高樓大廈
全是
為蚊子們準備的嗎

搖一搖

搖一搖
小橋　流水
就有了
再搖一搖
星星　月亮　太陽
也有了
連宇宙無垠
也有了

啊再搖一搖
筆
是否搖得出人間的
安樂
和平？

夢　外

如果人生是一場
夢
上帝呀
請把我留在
夢外

夢外
沒有比樓房還高的
風浪
沒有遍地開花
的砲彈
也沒有落葉般
的

嘆息

相　簿

詩集
其實是一本相
薄

拍攝的全是
你與世界戀愛時
情緒
激烈的
波動

好　詩

好詩
常常過門而不
入

其實不是它
不入
而是你忘了打開
自己的

慈悲心

俊　美

仁慈　忠厚
親切　老實
這張臉
想怎樣裝就怎樣
裝
甚至可以裝出大人物
憂思天下的
模樣

唉唉！
唯一裝不出來的
是
俊美

悠　閒

畫青山
畫綠水
畫一座木屋
畫一個
人
在窗前讀書
惟不畫
滿腹的
憂思，不畫
懷念，也不畫

痛苦

影　子

善念若是
耀眼的陽光
罪惡
便是你心中藏不住
的影子

噢！誰的心中
沒有被陽光
拉扯出來的
影子

火與煙

沒有火
哪有
煙？

情是
熊熊燃燒的
火
詩是火中之
煙

吾 妻

報上登了一組詩
妳問：
寫得好不好？
我仰首
飲著白開水

晚上
又取來一冊詩集
問道：
覺得怎樣？
我舉起高腳杯子
慢慢品嚐著
葡萄
美酒

問落日

問落日
心中有什麼
憾事

啊！
能多燦爛就多燦
爛

夜　景

嘩啦嘩啦
雨在讚美昏暗的
路燈

路燈
卻什麼也沒有聽見
它繼續埋頭
照亮
四周

梳　子

心情　亂
思想　亂
連感情也像風中的
亂髮

啊啊
冷靜
這一把梳子
或能梳好你的
生活

失　明

失去視線後
才看清
藍天
白雲

才看清
紅花
綠葉
以及五光十色
的
世界

小　草

露出嫵媚的姿態
小草
頻頻彎腰
卻說：

我是一根巨柱
承當著
撐天的大任

大地母親

叩著大地
落葉
輕聲說：
媽媽
我回來了

大地母親
以微風的聲音
說：
回來就好
回來就好

金黃的幸福

常常想
幸福是金黃的
暮靄
美得令人沈醉

她希望
暮靄恆久留在天
際
縱然黑暗即將來臨

美的彼岸

詩是
涼爽的和風
當你
張開船帆
它就來輕輕地
吹
讓你儘快渡過
波濤起伏的
憂愁之海
登上

美的彼岸

生　活

平靜也好
驚濤捲天也好
我這隻船
照樣
航行

在茫茫的大海中
每天
朝
日出的方向
航行

沉　船

來援的船隻
在殘月下
救起了
眾多漂浮在苦海
的人

啊啊
但還有
沉淪在三界五趣的
眾生

樹的心願

縱使
結不出甜密的
果
也要開紅艷艷的
花

讓你
眼睛一
亮

細　語

路
以筆直
悄聲告訴你
怎麼
做人

也以曲折與
蜿蜒
告訴你
怎麼
愛

苔　蘚

苔蘚
總是依附著
幸
福

小心呀小心
不要
滑倒了

照片千張

一首詩
一張照片

爾今
已然拍了千張
仍在
拍心中
永遠拍不完
的

情與愛

十　行

把一切
都看小了
山　　喊道：
我是高大
無可比擬的

一彎月
俯瞰
渺小的
山
笑得合不攏嘴

落 日

從容瀟灑
夕陽
漸漸落下去

沒有留戀
也沒有悲傷
它
發過光
照亮過整個天空

掃　帚

買了一把掃帚
妻說
該好好地
掃一掃了

哈！
掃淨了房屋
也能一併
掃淨人
性嗎？

綠色的眼睛

渴了很久
土地
終於盼來了
甘霖

你是樹上
一隻隻綠色的
眼睛
全閃耀著
歡快

新　居

管它房間
是不是
太小
光線好不好

只要
心
依然寬敞
一大早
陽光就洩了進來

刀

放下
屠刀
你口唸
阿彌陀佛

阿彌陀佛
請連心中的
刀
也放下

聽　鳥

早起的鳥兒
對濕地裡的小蟲
說：
快點出來吧
這世界多美麗
多和平
多安全

秋風中
葉子們不克自持
笑得
前仰後翻

一片青翠

稿紙
龜裂的土地
渴望著
雨露的潤濕

天災啊
人禍啊
使你淚下如
雨

土地
終於長出一片
青
翠

戀慕的小舟

縱使

妳的心

是曲折的河岸

戀慕這艘小舟呀

依然要停靠

要上去

一探

燦亮的

春色

問得失

舊友
相逢
問起別後的景況
問起得
問起失

微微地笑著
你
慢慢抬頭
望著
浮雲

強力的磁鐵

稿紙
其實是
一塊強力的
磁鐵
牢牢地
吸住你

哈！
你不也是一塊
磁鐵
牢牢地吸住
稿
紙

慾　望

慾望
是一陣小雨
濕潤著久旱的
土地

有時候
卻是大風大雨
使滿山的
花草
以及葉子們
都無法
過太平日子

難　民

金錢是奸商的
權力是政客的
人命是子彈的
家園是戰火的

除了饑餓外
什麼
都不是
你的

俯　耳

想聽
噗噗的心跳
妳
俯耳於
他的胸口
卻聽見
生活
直搗心窩的
一聲聲

沉痛

夜看煙火（之一）

閃著　亮著
亮著　閃著
多姿多彩的
煙花
把生命裡至為鮮艷的
顏色
奉獻給夜空
雖然明知自己
將被黑暗迅速掩
沒

夜看煙火（之二）

竄升向夜空
煙花
在黑暗中
展現
須臾的
美麗

誰會去想
煙花是人的
慈悲？

跋扈的君王

使刀弄劍
時間
是跋扈的君王
喜歡砍誰就
砍誰

不然
我們的額上
怎會有
深深淺淺的
刀痕？

餐盤中裝著饑餓

倘使
靈魂也是餐具
那麼，你的
餐盤中
是裝著豐盛
抑是裝著
饑餓？

腸胃呀
會不會痛苦地
抽搐
控訴你的
貧窮

燃　香

燃香
默禱
之後輕輕插在
老人家
的
遺像前

竟然
從點燃的柱香中看到
輕煙
昇成母親殷切的
叮
嚀

清　明

問
墓園裡的
小草
為何垂淚？

細雨
搶著說：
草兒
在也哀傷

啊啊
草木也知道
母親
無可取代

輕撫著新墳

看到的
是
母親和藹的
笑容

聽見的
是
雀鳥發出的
讚美之聲

手　術

出事了
大官員
又住入醫院將
手術

唉！深願
高明的手術
真能
去除

貪婪

火　種

冰雪覆蓋的
人世間
你感到
寒冷

也感到溫暖
你把樹上
爆開的珠蕾
視為即將熊熊燃燒的
火種

核　彈

有一天
核彈
統統消失了

全部
藏匿在他們的
心裡
依然互相瞄
準

深情的眼光

日月
是上蒼的
雙眼

深情的眼光
關注世界
每一個
陰暗的
心靈

果樹的話

長滿果實
樹
安慰長不出花果
的樹：
沒關係
別憂慮

唉！
世上哪有事事都
完美
順利

第四輯　河邊骨

教　堂

望得久了
就會看見
釘在十字架的
耶穌
掀動著雙唇

以微弱的聲音
祂說：
解救世人的
夢
要繼續
做下去

一覽眾山小

他說
要站在最高的
峯頂
要一覽眾山小

啊站在峯頂
他的身
影
竟是那麼渺
小

善 感

多愁的詩人啊
是什麼
讓你
添加了深深的
惆悵

唉！
不該看花
不該看流水
不該看浮雲
更不該
看滿天瑰麗的
晚霞

紅花綠葉

很是高興
紅花
說：
我是全世界注目的
焦點

綠葉
笑笑
什麼也沒說

暮　色

貪官
又出來
競選了

暮色蒼蒼
是否
也想永遠佔據
天空？

向晚（之二）

問海
霞光萬丈的
落日
怎會不見了呢？

海說
它在施捨者的
心中
綻放光
茫

傷　口

心中
有一道傷口

早年
受創於一卷
南京大屠殺紀錄片
的
傷口
每在夜深人靜時
便嗚嗚咽咽
哭了起來

鮮紅的花

義診
涼爽的春風
吹拂

數千人
心頭
一起綻開了
美麗
鮮紅的
花

旅　遊

她說
找個時間
出去旅遊吧

嘻！
我們不都在
旅途中？

人生啊人生

香　水

灑點香水吧
在出庭之前
在滔滔雄辯之
前

唉唉
涉貪者
身上都有股難聞的
氣味

小詩七首

（一）

憐憫不必克制
浪濤
想拍岸就拍
岸

（二）

無常，說來就來
地震的襲擊
可不會
預先通知

（三）

哦！悲憤
海洋的起伏無法壓抑

（四）

都說神愛世人
啊最佳的方式
是用
麵包

（五）

做一隻快樂的小鳥
也沒有什麼不好
至少，無須為了一口飯
化身為搖尾的狗

（六）

釣者，自得其樂
你我他都是海中的
游魚

（七）

臨老
還想練武
還想一拳擊碎人間
的不平

紅

不像頭髮般
擁有黑白兩種顏色
甚至──
可以綠
可以紫
也可以金黃

心呀，永遠堅持
一種鮮艷的顏色
：紅
而且愈老
愈艷
美

耕　園

說詩是肥沃的土地
你把傷感
種在這裡

竟然
長出滿山遍野
色彩繽紛的

憐愛

氣溫下降

氣溫下降
詩人
卻不覺寒冷
哈哈笑他說：
心中
這顆熱烘烘的
太陽　名叫

大愛

公　平

黃了
園中大小樹的
葉

病與死
蕭殺的
秋風
不管什麼樹
都一律公平對
待

無　題

日美的仇怨
似乎已消除
他們的友誼
會長存嗎？

哦！
月亮是圓了
還是
缺了呢？

讀杜詩

浪淘
波洗

洗了千年
金子呀
卻是越洗越
亮
在歷史的沙灘上
閃閃
發光

歧　視

搖了千年
小舟
仍在那裡
搖呀搖

公園裡
這隻石雕的
漁舟
何時才會消失於
人海中

摘星的高樓

摘星的高樓
愈蓋
愈多

卻赫然發覺
住在河畔的鋅屋
與擠在簡陋木屋裏
的人
比以前
還多

碰見童年

誰說
光陰有如流水
一去
不復返？

剛走進迪士尼樂園
就碰見
歡笑的童年了

一顆心
在最愛的
旋轉木馬上
旋呀旋

直到今天
仍在
旋呀旋

愛與情

假如
愛是熱烘烘的
陽光

情
就是妳
摔也摔不掉的
影子

歲月不留跡

路逢舊友
他說：
歲月
怎不在你的臉上
留下痕跡

高興了幾天
今早訪友時
應門的小孩
叫道：
爸
有個老人找你

不　捨

臨走時
您的眼睛
濕著
不捨

母親啊
您能帶走
一生的坎坷
卻帶不走血中
的親情
也帶不走
無盡的

思念

夜的帷幕

失望
那一張
夜的帷幕
遲早
會被拉開

天底下
沒有永遠低垂的
帷幕

如果陽光
是你的渴盼
那麼，帷幕後
就是初昇的
旭日

詩，這樣說

半睡半醒
你
突然聽見稿紙上
一首
剛寫的詩
說：

詩是愛
愛是一種
菌

菌
很想不斷地
感染
大家

情　話

今生
對妳說的
話
將化作美艷的
夕陽

千年後
依然可以
在詩中
見到滿天的
璀璨

膽小鬼

白天
被汽車的喇叭聲
嚇走

夜晚
又怕滿城的寂靜
嚇得
沒命飛奔

光陰呀
真是膽小鬼

來到詩中

仿如來到黑暗的
邊境

眼前一亮
你，已深入詩中
情是
藍天白雲
景是
滿山遍野
舒卷開展的
黃花

一根鐵

鏽跡斑斑
又怎樣？

感覺自己
愈活愈像堅硬的
鐵
可以造橋，可以
建築高樓
也可以
撐天

縱使
硬得有點辛苦
仍然
不折腰
不屈膝

情

暮色中
漂鳥
消失於視線

是否
從此消失於你我的
天地

也許
有一天醒來
它又站在
窗外的枝頭
快樂地
歌唱

郊　遊

不看
低頭的野草
也不看
河邊
頻頻彎腰的
柳樹

只看
遠方
那棵挺直腰幹
撐天的
老松

釣

假如你也喜歡夜釣
請把釣線
拋向我的
夢中

啊保證你
不是釣到
情
就是釣到
愛
或者
釣到一些快樂
的往事

彩 雲

天空
用一些彩雲
描述自己胸襟的
寬
闊

他的話
詩人都能明白

年　輪

如果
宇宙
是一棵大樹
那麼，詩
就是年輪了

年輪
記錄時空的
荒涼
也記錄人間的
苦難

褪　色

褪色了
買來的新衣
油漆的牆壁
窗外的風景
連同天上的一輪殘
月

永遠不會褪色的
是
一家人同在的
日子
那些有哭有笑
的日子

剪刀・石頭・布

倘若
時間是鋒利的
剪刀
生命啊
就是一塊刺繡的
布

至於詩
詩是敢於面對
銳利剪刀的
石
頭

一把吉他（之一）

生命啊
一把美麗的吉他
命運那五指
就在弦絲上彈出悅耳
的聲音

聽見的
多是悲傷的調子
偶爾
也會彈出
風在嬉鬧
溪水在奔流的
輕快
樂音

一把吉他（之二）

每次
都彈出春風的
吹拂
紅花與綠葉的
歡笑
還有流水的輕歌

縱使內心藏著
深切的
悲傷

比鑽石還亮

妻問：
生命短暫
要怎樣
輝映人間呢？

指著心
笑道：
獻出
比鑽石還亮的

愛

航

波濤洶湧的海裡
你駕著
一條小船
航向美善
航向安祥
航向永恆

詩
乘風破浪的
小船

激起千層浪

激起千層浪
又怎樣？

還是
悄然
沈在人海中吧

做為石
我寧願靜靜地
隱沒於
海中

黃　葉

像一把刀
葉子
從樹上掉了下來

切割童年
切割青春
也切割了雄心
壯志

唯
永遠切割不了
對人間
的
關愛

有　寄

寥寥幾筆
就畫成一間
有點破舊
的屋子
陰暗的牆壁上
牽滿了蛛
絲

啊誰說
你畫不出自己的
夢？

心湖‧寂寞

頭也不回
心湖中幾片彩
雲
靜悄悄
飄走了

彩雲
是青春是美麗
是一段戀情
是一段共處時
美好的
時光

老　伴

她呀
一首易讀的
詩

卻很耐咀嚼
至今
仍有新的
體會
是一首予人美感的
詩

一片枯葉

飛舞於風中
枯葉說：
不倦不倦

它想
長期飛舞於美好的
回
憶

永　恆

在嬰兒哇哇的
哭聲中
時間
誕生了

在親友的
默哀中
時間
死亡了

生生死死
周而復始
時間
在人們的淚眼中
擁抱那可悲可笑的
永恆

心上的人兒

時間
永不熄滅的
火
縱使將你燒成
灰
卻燒不掉

心上的人兒

發黃的照片

翻出一張發黃的
畢業
照片

才知道
一生的行程
並不
遙遠

風與旗

妳的心思
是風

他是
旗
隨時感知妳的
喜樂
哀愁

紅太陽

管它
人間
黑暗不黑暗

只問
心中
有沒有一顆
紅太陽

永　別

聽了
一夜的
雨

知否
風雨整夜都在
訴說別離的
痛苦
都在呼喚著
妳的
名字

一張臉

愈來愈瘦削了
照鏡時
發現雙眼
露出溫柔的
光芒

一張臉
無復往日的
豐腴
已瘦削得有稜
有骨

啊啊
竟像我筆下的
詩

清　香

昨日是
被風吹落的
花
清香了
整條溪流

啊你是
溪流

止　水

有時候
是奔騰的河
是澎湃洶湧的
海
讓詩情激盪
詩思
不竭

有時候
卻是止水
靜靜地
沉澱心中的
積鬱

洩沙器

歲月
是沙
是積澱的快樂
和沉鬱

唉！
這顆心卻是
洩沙器

好玩不好玩

她說：
參加化裝舞會
一定很好玩

哦！
我們不都在
化裝
舞會中
究竟
好玩不好玩

大官員

喝不得
他說
酒，會讓人變得
沉默
悶悶不樂
會讓人
看到

百姓飢

嫉　妒

一把鋒利的
小刀
刺傷了
自己的心
不停地
流
血

千丈雪

浪濤
時不時
沖上來拍
岸
激起千丈雪

思念啊
什麼時候
才會變得平
靜
無波
無浪

響

夜裡
這顆心
似窗前的一串
風鈴
叮叮噹噹地
響

詩思呀
一陣涼風

詩是月亮

不在乎
是否有人注意
月光
總是柔和地
流洩
向
黑漆漆的
人間

就這樣
她
渡過漫長的歲月

玩石頭

喜歡玩
晶瑩的寶石

長詩
是特大的琥珀
小詩
不是紅寶綠寶
就是珍貴的
星光藍寶石

將來，人不在了
寶石
尚在

鷹　鷲

沒有了天空
鷹鷲
怎翱翔呢？

沒有了戰爭
和平獎
怎麼
頒發呢？

飄　墜

葉子們
夢想春風
緩緩地
吹
卻吹來
陣陣蕭殺的
秋風

唉唉
你不也是寒風中
一片飄墜的
黃葉

洗出皎潔的月

一連下了幾天雨
終於洗出
一輪皎潔的
月
猶如淚水
洗出
一顆

慈悲心

戀棧不走

被沖上岸後
空罐頭
便賴著不
走

須等大海動了
真怒
一陣呼嘯
把它捲
走

你身邊
也有這樣的罐頭？

墳　地

看著
許許多多的
新墳舊
墳
酣睡於晨光中
啊我看到了

和平

河邊骨

大人物
又下令空襲
重燃
伊戰

誰說今天
已無人想起無定河
的
河邊骨

黃　昏

落日
以橙紅的雲霞
描述
夢的美
好

月亮
以漸濃的夜色
道出
夢的短
暫

楓　樹

喝得滿臉紅通通
在秋雨中
悲悲淒淒地
哭泣

老樹
到底有什麼心事？
人間的苦難
與你有關嗎？

碎片
——哀被擊落的民航機

看到螢幕上

墜機

四散的

碎片

竟彷彿看到

許許多多

破碎的

夢

是什麼偉大的使命

讓美夢

裂成

碎片

千丈悲憫

涙
潸然

心呀
不起眼的
噴泉
上蒼藉著它噴出千丈的
悲憫
滋潤人間

悲憫出憂思
——談〈落日藥丸〉

李怡樂

前不久，偶然看到瘂弦前輩寄給和權兄的信：「……我每次看夕照，都想起你的傑作〈落日藥丸〉，那真是一首令人難忘的好詩……」。記得當初我讀到〈落日藥丸〉，也被詩中的磅礡氣勢所震撼。菲華著名詩人雲鶴，曾讚嘆此詩：「何等淒美悲壯呀！」「詩短僅八行，但內涵無盡大」。讓我們重溫原詩：

〈落日藥丸〉

憂思天下，或許
不是癌症一般的
難以治療
只要
伸手取來落日藥丸
就著洶湧的海
暢快地

　　送下喉嚨

　　筆者曾于〈詩有真情更雋永〉一文中，有一段短評：「此詩有峰迴路轉之趣。起首，「憂思天下」這種病，似乎有救，只要下重藥，把落日當藥丸吞下——何等宏偉的氣魄！細想之下，詩人與現實社會有著千絲萬縷的聯繫，是個有血有肉的人，並非不食人間煙火的神仙。他得「憂思天下」之病是必然的，也必定無藥可救」。

　　借此《千丈悲憫》出版之際，我想對〈落日藥丸〉作進一步解讀。

　　此詩，令讀者最感興趣的是，詩人提供治療「憂思天下」的方法：

　　伸手取來落日藥丸
　　就著洶湧的海
　　暢快的
　　送下喉嚨

　　這幾段文字展現出的壯觀，令人讀了異常振奮。老實說，這的確是行之有效的秘方。試想「落日」隨同著「海」喝下去，地球上的生物將都不存在了，「天下」已無，何來「憂思」。但我們知道，詩意中的可行，不等于現實中可行。也不是詩人在開讀者的玩笑，這是詩創作的一種技巧，讓讀者在兩者（行與不行）之間，反覆思考、判斷，感受詩的張力，享受鑒賞過程的樂趣，最終獲取詩的真意。

　　必需指出，詩中的「憂思」，不是「強作愁」。「憂思」家事、國事、天下事，全來自詩人心中的悲憫。這悲憫其實就是詩人堅定的信念。詩人用現實中絕無可能治病的方法，暗示「不是……難以治療」是句反話。以此證明其信念（憂思天下）根本不可能改變。

　　在和權詩集裡，「憂思天下」之類詩作，隨處可見。細心的讀者賞析之餘，或許會另有新的領悟。

震落月色，噴湧悲憤

林炳輝

　　與和權先生素昧平生，但他的詩筆者必讀；與和權從未謀面，但他的喜怒悲樂、凜然正氣已躍然紙上。

　　接到小剛文友轉來的陳和權先生的贈書《震落月色》，首先便被它的裝幀吸引得不禁要讚嘆、撫摸一番。和權的每部詩集，都是如此的精緻、清爽、美觀、蘊涵濃濃的詩意。

　　和權的詩集又是表裡一致的。書的封底題詞標得好，尤其是他「以詩表達對苦難人生的悲憫」。和權的筆是憂鬱的，飽蘸著對民間疾苦的無限同情，連星月也流淚，「月光，是月亮止不住的淚；星光，是星星流不停的淚」，因為有「太多太多的悲劇」（星光淚）。以詩題為書名的《震落月色》也寫道：「鏡中滿頭蒼白的月色」。憂愁、滄桑感充滿和權的詩。

　　滄桑感標誌一個詩人、作家的成熟。滄桑感在一切文學作品中最有感染力、震撼力。

　　詩言志，可抒情、記事、議論，也可讚美、抨擊、諷刺。和權以自己獨特的風格，追求平淡裡的深味、簡易中的精緻、清

素下的高貴。他沒有大起大落的長歌呼喊，撲捉的是現實生活中感人的細節。他的「所謂一生」，把蜘蛛的織網，又扣住「明月」；「風問」「雁群、大字：人」，不落套反而是持批判態度；寫「紅豆」也不僅停留在習慣中的「相思」。他的詩有一種極強的穿透力，讓你感受到詩人驚人的洞察力和深邃的思想。

筆者年輕時也寫過詩，自以為寫詩要有激情，年老了就不敢染指了。讀罷和權的詩，總覺得他的詩情越發澎湃、詩心永遠年輕。他洗練的文字富有一種張力，不由人要想起上世紀著名的老詩人田間。田間的詩，被譽稱為「鼓點」，詩短句簡卻字字句句敲打震撼人心。和權因為有「滿肚子不平」，才使他對苦難人生的悲憫、對社會的不公噴湧悲憤、筆底生風。

《震落月色》後依舊《霞光萬丈》
——讀詩人和權二本詩集有感

蘇榮超

　　一般讀者可能認為小詩只有數行、非常易寫。事實上一首好的短詩，往往比長詩更難經營。要創作一首短詩，從捕捉靈感、到構思到修改完筆，所花費的心思要比一首長詩更多。就是因為短，則更必須字字斟酌，可謂多一字嫌多，少一字不能的地步。一首精湛的短詩，絕對是精華的濃縮，讀者必須細心品讀，甚至一讀再讀，才能深層次的進入詩人的內心世界，並體會詩中的內涵、意蘊、格局及境界等。

　　不妨以《震落月色》一書中的〈煎藥〉為例，說明之。

　　喝中藥
　　不苦

　　最苦的是
　　喝回憶
　　喝

> 爸爸的沉默
> 媽媽的無語

　　中藥是我國傳統，流傳數千年的醫學文化。雖說如今西方醫學進步，但不可否認的某些慢性疾病，中藥的療效比西醫藥仍是更勝一籌。〈煎藥〉一詩只有二十三字共分八行。一起始詩人即語出驚人說：「喝中藥不苦」。凡喝過中藥者無不知中藥苦，為何詩人卻說不苦呢？詩人接著告訴我們「最苦的是／喝／回憶」。所謂的中藥不苦，原來非真不苦，還有其他更苦的，那是什麼？喝回憶！「喝雙親的沉默和無語」。

　　中藥真不苦嗎？當然不是。只是當詩人想起父母親時，就算再苦的藥也被沖淡了。這邊詩人沒有明確說明父母親在何處，則更增加了讀者的聯想空間。由於父母不在詩人身邊，回憶起父母對自己的種種恩情時，即便只沉默不語，也令詩人如喝中藥般痛苦不已。此詩雖短卻情真意切，叫人感動。

　　都說詩人和權擅長表達「對弱勢群體的同情、對戰爭的譴責，以及對社會各種不公不義的針砭和諷刺。」然筆者以為詩人著墨於「情」的詩作，同樣感人至深不遑多讓！如《震落月色》一書中「我心微濕／愛啊／打亮的／滿城／燈火」（滿城燈火）、「啁啾了／一整個早上／這鳥聲／該有九寸厚吧」（懷念）等均是詩人注入濃情、情感深刻的佳作。誠如詩評家李怡樂所言，「要讀懂和權的作品，不能只欣賞其技巧，更要領悟作者灌注於詩中的真情實感！」

　　詩人和權寫詩超過半世紀，名詩人瘂弦讚其詩謂「華文詩壇一絕」。請讀者再看《震落月色》書中的這首〈看著〉。

　　一座城
　　被野心
　　繁榮了

　　一座城
　　被野心
　　廢墟了

　　六行十八字，詩雖短小，格局卻大。首段前六字與次段前六字一樣是「一座城／被野心」營造出文字重疊的美感和高潮，重點在「繁榮了和廢墟了」這兩個相對的用詞，令整首詩「活」了起來。似乎詩人賦於這首詩另一個新的生命。詩中語言完全是高度的壓縮凝聚、然而卻極具張力。將一個野心家的內心心態清晰剖白、表露無遺。

　　詩人和權成名極早，難能可貴的是至今仍創作不輟。最近數年不管在質或量方面，皆有令人驚喜和讚嘆的表現。所謂「百尺竿頭，更進一步」，繼《震落月色》詩集後，匆匆數月間，另一新作《霞光萬丈》即付梓出版。兩詩集雖沒有太大的交集或關聯，卻依舊保持詩人的一貫風格，「短小精焊、善用比喻、想像力豐富」，內容方面則是「繁花似錦、百花爭艷」。

　　且讓我們繼續欣賞《霞光萬丈》詩集中這首〈思念〉。

　　伸手一抓
　　就抓到了一把歌
　　聲

　　　那是你
　　　在遙遠的地方
　　　一面洗碗
　　　一面唱歌時
　　　不小心
　　　被風吹過來的

　　由於詩與一切事物能夠發生良好的溝通，完全依靠聯想力。可說缺少一點聯想力也寫不出這首詩來。而讀者要欣賞這首詩當然就更需要聯想了。詩人不直接說：情啊、愛啊、或者思念啦！詩人只是「伸手一抓／就抓到了一把歌聲」（超現實與象徵的技巧，以獲得暗喻的效果）。歌聲何來？來自遙遠的他方。如何飄來？被風吹來。為何吹來？怎樣吹來？邊洗碗邊唱歌，不小心被風吹來的。好一個「不小心」三字，用得簡直恰到好處、不落痕跡。整首詩環環相扣、節節推進。怎麼樣？能不佩服詩人細膩的心思和超凡想像力？

　　最後要說的是「詩是什麼？」在和權的詩集中，詩人的世界裡，詩可以是「永不凋謝的鮮花」、「波濤洶湧的海」、甚至是「一帖醫療內傷的中藥」。那麼且不妨再欣賞這首〈打火機〉，大家對詩肯定會有一個更清晰的輪廓。

　　　詩是
　　　打火機
　　　讀詩的人啊

請一捺
再捺

或許
它會點亮你的
世界

　　能不能點亮我們的世界，其實就看讀者，能不能用「心」去細讀這些文字淺顯，意境卻深遠、內容平實、情感卻真摯感人的詩句了。

　　縱觀兩本詩集，就算大家不識作者，相信也不難看出詩人的為人和價值觀。書中佔很大一部份的詩作，作者歌頌著和平及世界美好善良的一面，在這個物慾橫流的社會上，無異注入一股清流，抑惡揚善，加強正能量的揮發。

　　而更重要的是，和權具備了詩人藝術家應有的三個基本元素：「首先是有著執著和專一的創作精神。其次、內在頑強的詩的生命力。最後是橫溢的才華。」

　　我們有理由且絕對相信憑藉詩人的努力和才華，詩人和權的詩創作，將攀向人生另一高峯。正是《震落月色》後，依然《霞光萬丈》。

和權寫作年表

一九六〇年代 加入辛墾文藝社。努力於寫作及推動菲華詩運。

一九八〇年　詩作入選「中國情詩選」，常恩主編，青山出版社印行。

一九八五年　與林泉、月曲了、謝馨、吳天霽、珮瓊、陳默、蔡銘、白凌、王勇創立「千島詩社」。與林泉、月曲了掌編《千島詩刊》第一期至廿六期（共編二年半。不設「社長」位。和權負責組稿、審稿、撰寫「詩訊」、校對，以及對台、港、中、星、馬、美、加等地之詩刊的交流）。

一九八六年　擔任辛墾文藝社社長兼主編。

一九八六年　榮獲菲律濱王國棟文藝基金會「新詩獎」。評審委員：向明、辛鬱、趙天儀。

一九八六年　出版詩集《橘子的話》，非馬、向明、蕭蕭作序，台灣林白出版社刊行。

一九八六年　為菲華詩選《玫瑰與坦克》組稿，並撰〈菲華詩壇現況〉。張香華主編，林白出版社刊行。

一九八六年　詩作《桔仔的話》，收入台灣爾雅版向陽主編的《七十五年詩選》一書。張默評語：結構單純，引喻明確，文字淺顯，但是卻道出了海外華僑共同普遍的心聲。

一九八六年　應邀擔任學群青年詩文獎評審委員。

一九八七年　英文版《亞洲週刊》（Asia Week），介紹和權的《橘子的話》，並附和權照片。

一九八七年　加入台灣「創世紀詩社」。

一九八七年　脫離「千島詩社」。與林泉、一樂等創立「菲華現代詩研究會」。主編研究會《萬象詩刊》廿年（每月借聯合日報刊出整版詩創作、詩評論等。從不停刊）。

一九八七年　《橘子的話》詩集榮獲台灣華僑救國聯合總會華文著述獎「新詩首獎」，除頒獎章獎金外，並頒獎狀。評語：寫出華僑的心聲及對祖國與先人的懷念，清新簡潔感人至深。

一九八七年　詩作〈拍照〉收入《小詩選讀》，張默編，台灣爾雅出版社出版。張默說：「和權善於經營小詩。『拍照』一詩語句短小而厚實，敘事清晰而俐落……其中滿布以退為進，亦虛亦實，似真似假的情境……有人以『自然美、純淨美、精短美、親切美、暢曉美』（姚學禮語）來稱許他，亦頗貼切。」

一九八七年　台灣《時報週刊》七六九期，刊出和權撰寫的〈獨行的旅人〉（作家談自己的書。我寫「你是否撫觸到衣襟上被親吻的痕跡」），並附和權照片。

一九八八年　與林泉、李怡樂（一樂）合著詩評集《論析現代詩》，香港銀河出版社刊行。同時編選「萬象詩選」。

一九八九年　二度蟬聯菲律濱王國棟文藝基金會「新詩獎」。評審委員：蓉子等。

一九八九年　獲菲華兒童文學研究會、林謝淑英文藝基金會童詩獎。

一九九〇年　大陸知名詩人柳易冰主編的詩選集《鄉愁——台灣與海外華人抒情詩選》（河北人民出版社），收入和權的詩〈紹興酒〉，又在大陸著名的《詩歌報》他所主持的欄目「詩帆高掛——海外華人抒情詩選萃」中介紹和權的生平與作品。

一九九一年　詩集《你是否撫觸到衣襟上被親吻的痕跡》出版，羅門作序，華曄出版社。

一九九一年　榮獲台灣僑務委員會獎狀。評語：華僑作家陳和權先生文采斐然，所作詩集反映時事對宣揚中華文化促進中菲文化交流貢獻良多特頒此狀以資表揚。並頒獎金。

一九九一年　詩評論〈迷人的光輝〉及〈試論羅門的週末旅途事件〉二篇，收入《門羅天下》（當代名家論羅門）一書，文史哲出版社。

一九九一年　小品文〈羅敏哥哥〉，收入台灣中國時報「人間副刊」溫馨專欄精選暢銷書《愛的小故事》，焦桐主編，時報文化出版社。

一九九一年　獲中國全國新詩大賽「寶雞詩獎」。

一九九二年　詩集《落日藥丸》出版，菲律濱現代詩研究會出版發行，列入「萬象叢書之四」。

一九九二年　大陸著名詩評家李元洛評論文章〈千島之國的桔香——菲華詩人和權作品欣賞〉，收入李元洛著作《寫給繆斯的情書》，北岳文藝社出版發行。

一九九二年　詩作〈落日藥丸〉，選入香港《奇詩怪傳》，張詩劍主編，香港文學報社出版。

一九九二年　《落日藥丸》詩集，榮獲台灣「中興文藝獎」，除頒第十六屆中興文藝獎章（新詩獎）壹枚外，並頒獎金。

一九九三年　台灣文藝之窗「詩的小語」（張香華主持）於七月四日警察廣播電台介紹和權生平，並播出和權的詩多首：〈鞋〉、〈拍照〉、〈鈔票〉、〈我的女兒〉、〈彩筆與詩集〉。

一九九三年　榮獲菲律濱中正學院校友會「優秀校友獎」。

一九九三年　台灣《文訊》月刊，刊出女詩人張香華的文章〈珍禽——認識七年來的和權〉，並附和權照片。

一九九三年　童詩〈瀑布〉、〈我變成了一隻小貓〉、〈不公平的媽媽〉、〈螢火蟲〉四首，收入「世界華文兒童文學」（World Children Literature in Chinese）。中國太原，希望出版社刊行。

一九九三年　詩作〈潮濕的鐘聲〉，榮獲台灣「新陸小詩獎」。作家柏楊先生代為領獎。

一九九四年　詩作入選台灣《中國詩歌選》。

一九九四年　詩作多首入選南斯拉夫版《中國當代詩選》，張香華編。

一九九五年　詩作〈桔仔的話〉，選入《新詩三百首》（一九一七～一九九五。集海內外新詩人二二四家，三三六首詩作於一書。大學現代詩課堂上採作教材）。張默、蕭蕭編，九歌出版社刊行。

一九九五年　於聯合日報以筆名「禾木」撰寫專欄「海闊天空」至今。

一九九五年　二度榮獲菲律濱中正學院校友會「優秀校友獎」。

一九九五年　詩作多首入選羅馬尼亞版《中國當代詩選》，張香華編。

一九九五年　大陸評論家陳賢茂、吳奕錡撰寫〈談和權〉，收入評述菲華文學的史書。

一九九六年　台灣《時報週刊》九五九期，大篇幅刊出和權的詩〈除夕‧煙花——給妻〉（選自詩集《落日藥丸》），附謝岳勳之彩色攝影，及模特兒蔡美優之演出。

一九九六年　應邀擔任菲華兒童文學學會主辦第一屆菲華兒童作文比賽評審委員。獲贈感謝狀。

一九九七年　台灣《時報週刊》九八五期，大篇幅刊出和權的詩《印泥》，附黃建昌之彩色攝影，及影星何如芸之演出。

一九九七年　五四文藝節文總於自由大廈舉辦慶祝晚會，多名女作家朗誦和權長詩〈狼毫今何在〉（朗誦者：黃珍玲、小華、范鳴英、九華等人）。

一九九七～一九九九年　應邀擔任菲律濱僑中學院總分校中小學生作文比賽之評審委員。獲贈感謝狀。

二〇〇〇年　《和權文集》出版，雲鶴主編，中國鷺江出版社出版發行。附錄邵德懷、李元洛、劉華、姚學禮、林泉、吳新宇、周粲評論文章。

二〇〇〇～二〇〇一年　再度應邀擔任菲律濱僑中學院總分校學生作文比賽之評審委員。獲贈感謝狀。

二〇〇六年　詩作〈葉子〉，收入台灣《情趣小詩選》，向明主編，聯經出版社刊行。

二〇〇八年　大陸評論家汪義生撰寫〈華夏文脈的尋根者──和權和他的「橘子的話」〉，收入他的評論集《走出王彬街》。

二〇一〇年　創世紀詩雜誌第一六二期，刊出和權的詩創作〈從「象牙」到「掌中日月」十首〉，並刊出二〇〇九年十二月廿九日，攜一對子女訪台時，與創世紀老友多人在台北三軍軍官俱樂部雅集之照片。

二〇一〇年　台灣《文訊》月刊二九二期，刊出和權於二〇〇九年十二月三十一日，與多位創世紀詩社同仁拜訪文訊雜誌社（封德屏總編輯親自接待。大家一同參訪文訊資料中心書庫，並在現場留影）之照片。該期介紹和權生平及作品。

二〇一〇年　台灣《文訊》月刊二九四期，刊出和權詩兩首〈砲彈與嘴巴〉及〈集郵〉。附彩色攝影照片，十分精美。

二〇一〇年　於聯合日報社會版「海闊天空」闢「詩之葉」，致力提昇詩量詩質，影響社會風氣。

二〇一〇年　台灣《文訊》月刊二九七期再度刊出和權的詩二首〈咖啡〉與〈黑咖啡〉。附彩色攝影照片，至為精美。

二〇一〇年　詩集《我忍不住大笑》出版，楊宗翰主編，台灣秀威文化公司刊行（列入「菲律濱‧華文風」叢書之十）。

二〇一〇年　《和權詩文集》出版，陳瓊華主編，菲律濱王國棟文藝基金會刊行（列入叢書之十）。

二〇一〇年　九月，詩作〈熱水瓶〉收錄南一書局出版之中學國文輔助教材《基測綜合題本》。

二〇一〇年　詩集《隱約的鳥聲》出版，楊宗翰主編，台灣秀威資訊科技股份有限公司製作發行（列入「菲律濱‧華文風」叢書之十九）。該書剛出版，國立台灣大學圖書館即購一冊。記錄號碼：B 3723139。

二〇一〇年　〈獨飲〉一詩刊於《文訊》。附彩色攝影照片，很是精美。

二〇一一年　詩作多首譯成韓文，刊於韓國重量級詩刊。

二〇一一年　詩二首〈筵席上〉與〈礁〉，收入蕭蕭主編之「二〇一〇年台灣詩選」，亦即《年度詩選》一書。

二〇一一年　詩作〈橘子的話〉收入《漢語新詩鑒賞》（傅天虹主編）。

二〇一一年　〈大地震之後〉一詩刊《文訊》。附彩色攝影照片，極為精美。

二〇一一年　詩作〈鐘〉又被台灣康熹文化（專門製作教科書、參考書的出版社）選入教材，亦即用於《高分策略——國文》。

二〇一一年　中、英、菲三語詩集《眼中的燈》出版，菲律濱華裔青年聯合會刊行。

二〇一二年　詩集《回音是詩》出版，楊宗翰主編，台灣秀威資訊科技股份有限公司製作發行（列入「菲律濱‧華文風」叢書之廿一）。

二〇一二年　獲菲律濱作家聯盟（UMPIL）頒詩聖描轆杳斯文學獎 GAWAD PAMBANSANG ALAGAD NI BALAGTAS，該獎為菲國最高文學獎，亦為「終身成就獎」。

二〇一二年　三語詩集《眼中的燈》之菲譯版（由施華謹先生翻譯），在年度甄選的最佳國家圖書獎（National Book Awards）中入圍，該獎是菲國榮譽最高的圖書獎每年被提名的由各主要出版社出版的優秀書籍多達幾百本，能夠入圍的卻僅有數本。

二〇一二年　三語詩集《眼中的燈》除在菲國兩家主要書店National Book Store和Power Books，上架出售外，也在菲國數間大學被當作翻譯課本使用。

二〇一二年　詩評集《華文現代詩鑑賞》（與林泉、李怡樂合著）出版，台灣秀威資訊科技股份有限公司製作發行，列入新銳文叢之十九。

二〇一二年　受聘為菲律濱「第一屆亞洲華文青年文藝營」之顧問。

二〇一三年　馬尼拉計順市華校，擇取和權詩作〈殘障三題〉等，訓練學生朗讀。

二〇一三年　二月十六日，華校學生在此間愛心基金會朗讀和權的作品〈樹根與鮮鮑〉、〈和平之城〉、〈殘障三題〉。

二〇一三年　台灣某校高二課程有現代詩，侯建州老師把和權的作品拿出來分享討論。

二〇一四年　詩集《震落月色》出版，台灣秀威資訊科技股份有限公司製作發行，列入秀詩人01。

二〇一四年　和權的詩五篇〈漂鳥〉、〈在畫廊〉、〈住址〉、〈即景〉、〈一尾詩〉選入聯合新聞網udn閱讀藝文〈獨立作家詩選〉——選自《震落月色》詩集。

二〇一四年　和權詩集《我忍不住大笑》、《隱約的鳥聲》、《回音是詩》、《震落月色》、《眼中的燈》（三語詩

　　　　　　集）、《華文現代詩鑑賞》等著作，入藏北京《中國
　　　　　　現代文學館》。

二〇一四年　詩集《霞光萬丈》出版，台灣秀威資訊科技股份有限
　　　　　　公司製作發行，列入秀詩人03。

二〇一四年　和權的詩〈金錢草〉選入台灣名詩人張默傾力編成的
　　　　　　第三部小詩選《小詩・隨身帖》。

二〇一四年　十月，《創世紀》創刊一甲子，《文訊雜誌》特別展
　　　　　　出創世紀18O期詩刊封面，以及47位創世紀同仁風格
　　　　　　獨具的詩手稿。和權的小詩手稿《殘障三題》，與他
　　　　　　的照片和簡介一同展出。（地點：台北市紀州庵文學
　　　　　　森林。曰期：十月九日至十月廿六日）

讀詩人64　PG1430

 千丈悲憫
　　　——和權詩集

作　　者	和　權
責任編輯	陳佳怡
圖文排版	周妤靜
封面設計	楊廣榕

出版策劃	釀出版
製作發行	秀威資訊科技股份有限公司
	114 台北市內湖區瑞光路76巷65號1樓
	電話：+886-2-2796-3638　傳真：+886-2-2796-1377
	服務信箱：service@showwe.com.tw
	http://www.showwe.com.tw
郵政劃撥	19563868　戶名：秀威資訊科技股份有限公司
展售門市	國家書店【松江門市】
	104 台北市中山區松江路209號1樓
	電話：+886-2-2518-0207　傳真：+886-2-2518-0778
網路訂購	秀威網路書店：http://www.bodbooks.com.tw
	國家網路書店：http://www.govbooks.com.tw
法律顧問	毛國樑　律師
總 經 銷	聯合發行股份有限公司
	231新北市新店區寶橋路235巷6弄6號4F
	電話：+886-2-2917-8022　傳真：+886-2-2915-6275

出版日期	2015年8月　BOD一版
定　　價	440元

國家圖書館出版品預行編目

千丈悲憫：和權詩集 / 和權著. -- 一版. -- 臺北市：釀
出版, 2015.08
　　面；　公分
　BOD版
　ISBN 978-986-445-025-1(平裝)

868.651　　　　　　　　　　　　104010353

讀者回函卡

感謝您購買本書，為提升服務品質，請填妥以下資料，將讀者回函卡直接寄回或傳真本公司，收到您的寶貴意見後，我們會收藏記錄及檢討，謝謝！
如您需要了解本公司最新出版書目、購書優惠或企劃活動，歡迎您上網查詢或下載相關資料：http:// www.showwe.com.tw

您購買的書名：_____

出生日期：_____年_____月_____日

學歷：□高中 (含) 以下　　□大專　　□研究所 (含) 以上

職業：□製造業　□金融業　□資訊業　□軍警　□傳播業　□自由業
　　　□服務業　□公務員　□教職　　□學生　□家管　□其它_____

購書地點：□網路書店　□實體書店　□書展　□郵購　□贈閱　□其他

您從何得知本書的消息？

　　□網路書店　□實體書店　□網路搜尋　□電子報　□書訊　□雜誌

　　□傳播媒體　□親友推薦　□網站推薦　□部落格　□其他_____

您對本書的評價：(請填代號　1.非常滿意　2.滿意　3.尚可　4.再改進)

　　封面設計____　版面編排____　內容____　文／譯筆____　價格____

讀完書後您覺得：

　　□很有收穫　□有收穫　□收穫不多　□沒收穫

對我們的建議：_____

_____

_____

_____

11466
台北市內湖區瑞光路 76 巷 65 號 1 樓

秀威資訊科技股份有限公司 　　　收

BOD 數位出版事業部

....

（請沿線對折寄回，謝謝！）

姓　　名：＿＿＿＿＿＿＿＿＿　年齡：＿＿＿＿　性別：□女　□男

郵遞區號：□□□□□

地　　址：＿＿＿＿＿＿＿＿＿＿＿＿＿＿＿＿＿＿＿＿＿＿＿

聯絡電話：(日) ＿＿＿＿＿＿＿＿＿＿＿　(夜) ＿＿＿＿＿＿＿＿＿＿

E-mail：＿＿＿＿＿＿＿＿＿＿＿＿＿＿＿＿＿＿＿＿＿＿＿